二十一歲前的五個男人

柔雅晴 著

放下過去，別再因記掛著過去的對錯，
忽略當下擁有的幸福。

序

「當年如果不是我蠢，今天根本不用那麼辛苦。」
「唉！她又來了！」

這兩句對話我聽了超過十年，那是我媽每過一段時間便會說的話，而弟弟也是十年如一日的同樣反應。

「媽，如果給你時光倒流，你認為我們現在一家人整整齊齊的在一起，還是多屋多鋪，整條街收租，卻沒有了爸爸比較快樂？」我媽笑：「在一起比較快樂。」

聽到這答案，我會心微笑，從心甜起來，抱著我媽說：「你並不蠢，你做了最正確的決定。」

在這物慾橫流的人世間，人的一生實在是夠苦了。

你想做一個與世無爭的老實人，人家就利用你、欺負你；你稍有點才貌知識，人家就嫉妒你、排擠你；即使你大度退讓，人們也會得寸進尺、莫名其妙的傷害你；你說你不與人爭，現實卻告訴你不爭的同時仍要保持實力，準備隨時戰鬥。

少年貪玩，迷戀愛情，壯年汲汲成名成家，暮年自安自欺欺人。

反正人生中想要和別人和平共處，就先得和他們周旋，還得準備吃虧。

喜歡愚弄世人的上天也不會讓所有幸福集於一人，得到愛情也許得不到金錢，得到金錢也許得不到快樂，得到快樂也許得不到健康，得到健康也許不會所有事都如願以償。

假如可憐的我們連在戀愛路上也不能和自己真正愛上的人在一起，那便真的是苦不堪言。可是，戀愛路上有多少人可以一帆風順、又有多少人懂得珍惜。

但因為我媽，我決心選擇愛情。
因為我媽告訴我：「在一起比較快樂。」

放下過去，別再因記掛著過去的對錯，忽略當下擁有的幸福。

柔雅晴

目錄

第一個也是唯一一個	6
十年的復仇計劃	17

第一個也是唯一一個

深夜凌晨，在醫院的走廊裡，一位看似只有十三四歲的女孩拉著一位準備離開的中年男子的手臂，哭著懇求：「爸爸，求求你，救救媽媽，求你救救她，她快不行了。」

「你媽根本沒得救。」男人很冷淡地扯去她的手。

「有！醫生說有一百萬就可以做手術。爸爸，求求你，給我們一百萬可以嗎？」女孩的淚從沒有停過，整張稚嫩的臉都被淚痕劃過。

一臉嫌棄的中年男子突然咬了咬牙，坐到走廊的白色長木椅子上，溫柔地把女孩拉近，看著這梨花帶雨，楚楚可憐的嬌嫩臉容，他貼近女孩的頭說：「婷婷，想救你媽媽可以，但你必須答應我一件事。」

「好！你說！我答應！我答應！你說！」女孩看到曙光一樣的忙著點頭。彷彿只要能救媽媽，要她的命，她也雙手奉上。

「我知道婷婷很乖。你也聽說過你姐姐和偉氏集團太子將要結婚的事吧！」

女孩眨著清澈的大眼睛，不知道父親跟她說這個是什麼意思，她哽咽的點了頭說：「我知道！」

「我這個未來女婿有潔癖，他喜歡乾淨的女人，你姐姐的初夜早已沒有了，我想讓你去代替姐姐的初夜。」

女孩一刻全身發軟，抖顫地看著父親，淚如雨灑：「爸爸！我不要！」

中年男人看似早已預料到女孩的反應，冷酷地握著她的手，低沉啟齒：「只要你答應，我馬上給你錢。你知道你媽如果可以馬上動手術，也許還有一線生機。如果錯過了這 72 小時的最佳時期，恐怕就回天乏術了。時間那麼緊，這是你救媽媽的唯一方法。」

女孩眼裡閃過一剎焦慮，心裡極度害怕。但為了救媽媽，她強忍著淚，低喘了一口氣，垂下秀美的臉：「好！我答應你！」

男人高興地拍拍女孩的肩膊，用手輕輕抹去女孩臉上的淚。「乖孩子，回去好好休息，打扮一下。明晚就是你救媽媽的時候了。對方是偉氏集團的太子偉霍霆，你不會吃虧的。」

「要知道，整個城市的女人也想睡這個男人。」說罷，中年男人便姍姍離開。

孤身的女孩全身仍在發軟，虛弱地靠在男人剛坐的長木椅子上，雙眼呆滯無神。唯一令她安心的是，媽媽終於有救了。

第二天晚上，女孩慌亂地坐在酒店總統套房裡的大床上。

環境昏暗，女孩雙手環抱著雙腿，瑟縮床角發抖。

突然，房門推開。門口處進來一個高大健碩的男人身影，他按向燈源開關，卻發現燈似乎壞了。

而這一切都是被設計好的。

女孩喘息著，慢慢地從床上下來走向男人。她用緊張得不停發抖的小手輕碰男人的臉，再摟著他的脖子，掂起腳尖，紅唇生澀的去輕吻男人的側臉。

吻完，在她完全不知道要幹什麼的時候，後腦一手被霸道的抓住。她反應不來，男人那充滿強烈酒氣的唇，準確無誤的在昏暗中吻住了女孩的小咀，唇被火熱的薄唇封住。女孩的大腦變得一片空白。但她知道自己非常抗拒這陌生清洌的男性氣息侵入。

男人強勢猛烈的吻奪去她的思想和呼吸。她的腦子，暈暈沉沉的，身子被狠狠的壓在床上，男人的吻包圍著她，並攻城掠地而下。

昏暗之中，女孩的眼淚奪眶而出。

女孩哭著從酒店房間狼狽地走了出來。一抹性感迷人的酒紅色身影從旁邊房間邁出，她高挑而艷麗，這是女孩的姐姐，思欣。

思欣沒有婉惜妹妹，反而露出極致怨憤和懊惱的眼神。

「為什麼這麼久？」她咬牙怒問。

這時候女孩眼淚未乾，幽黑的長髮也掩蓋不住她纖白脖子下的斑駁吻痕，她忍著淚說：「把錢給我。」

「向我爸要去！」思欣懶得理她，推門進入了房間。

看著月光灑進的房間，男人側身而睡，身影修長迷人，思欣立即欣喜地側躺在男人的身邊，主動伸手抱著他那精健的腰際，感受他火熱的餘溫。

女孩從酒店狂奔而出，哭著打給父親，讓他轉錢過來。

他保證：「明天一早便轉給你。」

「我要現在。」女孩哽咽道。

爸爸並沒為難：「好吧！一會兒轉到你的帳上。」

女孩馬上打的士回醫院。她目光呆滯的望著窗外，突然手機響起，一看，是主治醫生的，她趕忙接起：「喂！張醫生。」

「李小姐，有一個壞的消息要告訴你。」

「我媽怎麼了？」女孩緊張到連呼吸都不敢。

「你媽剛剛去世了。」張醫生的聲音很平靜。

可女孩的心卻墜落了寒潭。她顫抖著手，握緊著行動電話。電話訊息提示她，她的帳戶剛剛轉進了一百萬現金。

「媽媽……」女孩在的士後座，悲痛欲絕的哭了起來。的士司機好心的加快速度，把女孩送到了醫院。

但一切都太晚了，用身體換來的一百萬，救不了她的母親。女孩在仍有餘溫的母親遺體身旁，伸手往脖子一摸，發現裝有她和媽媽合照的墜子不見了。

這瞬間，她的眼淚如斷線珠子般流下來，心想：「難道是天意嗎？」

女孩失掉了媽媽，彷彿整個世界就只餘下她一人。

五年後，在女孩出生地的國際機場，一名身穿著黑色風衣，身形纖細苗條的年輕女子，推著一輛機場行李推車。推車的行李箱上，坐著一個可愛快樂的小女孩。

小女孩身穿粉色公主裙，披散著一頭及腰的黑長髮，束了條小馬尾，馬尾上繫上了一個蝴蝶結，非常可愛，擁著說不出來的萌態。

而這年輕女子身邊，一個穿著白色上衣，牛仔短褲，腳踏白球鞋的酷酷小男孩背著小背包，小臉淡定的一步步跟著。

「媽媽，一會我們可以敲詐乾媽吃超級大餐嗎？」

女孩吻唇一笑，看著寵愛的女兒：「只要她願意。」

小女孩立即可愛的眨了眨大眼睛，「只要我求她，她一定願意的呀。」

「放心，乾媽有錢。」小男孩補了一句。

兩個小傢伙，兩雙小眼睛，新鮮又好奇的看著四周。這是自他們出生以來，第一次回到媽媽的故鄉，所以所有事情對他們來說都非常驚奇。

剛出機場接待大堂，就聽見一聲驚喜的喚聲:「琳琳！俊俊！」

「乾媽。」小女孩立即欣喜的叫著，伸著手要抱抱。

一位短髮女士立即大步走過來，張開手臂，把漂亮的小女孩給抱起。在她粉嫩的小臉蛋上猛親了兩口，再看身邊站著的一對母子，她彎唇一笑，「可算是回來了，飛機上辛苦嗎？」

「乾媽，我們都很乖的。」小男孩揚眉說了一句。

小女孩立即點頭，附和著：「對對，我們沒有吵也沒有鬧，更沒給媽媽惹麻煩呢。」

「是嗎？是誰說非要獨自去廁所，還把門關上，結果把自己反鎖了。」媽媽拆女兒的台說。

小女孩立即嘿嘿一笑，然後趕緊轉移話題：「乾媽，我和哥哥想吃大餐，媽媽也同意，你請我們吃好不好？」

「你們一個個都是小強盜，一回來就要我請吃大餐，幸好我帶夠錢了，趕緊走吧！」短髮女士利落的笑，朝年輕女子道：「婷婷，五年了！終於捨得回來了？」

女子嘆了一口氣：「我必須回來祭拜我媽。」母親在她心裡的份量從未減輕，五年不回來看她，太不孝了。

「打算什麼時候走？」短髮女士問。

「孩子們說想到處多看看，我想大概一個星期後吧！」

「才留一個星期呀？太少了！至少留下一個月，我給你們包吃住。」短髮女士保證道。

可婷婷不想呆在這個城市。這城市早已經令她厭惡，即便她還有一個血緣關係的父親，可她也不想多看一眼。

吃完大餐，兩個小傢伙累了，直接回到短髮女士的家休息。孩子們都睡著了，兩個閨密終於可以好好的聊聊天。

「婷婷，現在你爸還不知道你有兩個孩子？」短髮女士好奇的問。

「我當然不能讓他們知道，也不會讓他們知道。這輩子，我都不想再和這家人往來。」婷婷決絕堅定地說。

「也是，你現在也有穩定的工作，又能照顧孩子，自給自足，也不用再求他們。」說完，短髮女士小聲的在婷婷耳邊問：「這兩小傢伙還不知道他們父親是誰吧？」

婷婷立即臉色繃緊，她搖搖頭：「珊！答應我！這輩子也不要讓他們知道。」

短髮女士珊皺了皺眉：「說起來真奇怪，按理來說，你那個同父異母的姐姐和偉氏太子五年前就打算成婚了，怎麼到現在連訂婚也沒有？」

婷婷搖搖頭：「不知道，也不想知道。」

這家人對她來說，是一輩子也不想再觸碰到的人。父親當年已婚，卻瞞著婷婷的媽媽，跟她媽媽說想要一個男孩，不料婚後母親懷的是她。父親從此不理不問，視若無睹，而母親終日壓抑成病，最終鬱郁而去。

清晨，婷婷帶著孩子們去母親的墳前上香，孩子們也面露沉重，一起給婆婆的墳地除草，婷婷幾次暗暗抹淚，卻不想讓孩子們看見。

「媽媽，婆婆睡在裡面嗎？」小女孩用一雙淚汪汪的眼睛看著她，她還不懂得生老病死這個課題。

她吻唇一笑：「對，她睡在裡面。」

「她會什麼時候醒來？」小女孩追問。

「琳琳，婆婆不會醒來了，她會在這裡睡很久很久。」婷婷強忍著悲傷試著解釋。

小女孩歪著腦袋又想了想問道，「媽媽，我們的婆婆在這裡，那我們的爸爸在哪裡？」

小男孩也停下了拔草的動作，抬頭看向媽媽，充滿好奇。

婷婷指向墳地另一頭望不到邊的墓碑處，狠了心騙道：「你們爸爸在那邊。」

為了打消孩子的好奇心，她必須說一個大謊話，心想此刻，是消除孩子們尋找爸爸的機會。

在母親的墓地前呆了一個小時後，婷婷牽著孩子們在墓地四周看看。當找到一個年輕男人的照片時，她一邊跪下向那個去世的男人道歉，一邊說謊告訴孩子，這就是他們父親的墓地。

「可是他長得不像我，也不像哥哥。」小女孩眨著大眼睛，有些失望的說。

小男孩一雙閃爍著精明光芒的眼睛看向媽媽，又看了看墓碑上那個根本不是他們爸爸的男人，鼓了鼓腮幫子。

「媽媽這種謊話，只能騙到琳琳，根本騙不了我。這個男人，不是爸爸。」小男孩心想，但他沒有拆穿媽媽。

中午回到短髮女士珊的家後，婷婷在書房裡陪著珊看她最新的設計圖，兩個孩子就在大廳爭著看電視。

琳琳喜歡看卡通，俊俊喜歡看動物，兩個人把遙控器搶來搶去。

「哥哥，你讓我看卡通啦！我要看。」

「卡通有什麼好看的，動物世界才好看。」俊俊拿起搖控轉台，可小傢伙按鍵的動作有點不純熟。

突然，電視轉到了一個財經頻道，女主播正在報道一條新聞：「剛剛獲得最新消息，現任偉氏集團總裁一職的偉氏獨子偉霍霆，年僅二十八歲已榮登世界財富榜榜首，令人震驚而欣慰。此外，據悉剛剛再得消息，偉霍霆先生和李思欣小姐的訂婚典禮，將會於本周六在皇季酒店舉辦，再次送上祝福。」

女主播的聲音純正好聽，而佔據著整張屏幕的男人身影，也同樣耀眼奪目。

背景圖案是一個坐在沙發上的沉穩男人，他有著令人窒息的俊美容貌，潑墨般的劍眉，暗藏霸氣，俊挺完美的輪廓，迷人的面部線條，尤其是那深潭般的雙眸，隔著屏幕也能感受到那被吸走靈魂的氣息。

即便他只是坐著，依然顯現出昂藏修長的身軀，一襲黑色西裝襯托得他彷如王者般的高貴迷人。

「天哪！我想像中的爸爸就是他！」小女孩望著畫面，驚聲叫了起來，再回頭看看哥哥，「他長得和哥哥真像，你說，他會是我們的爸爸嗎？」

小男孩眯了眯眼：「我也不知道。」

小女孩說完，立即鼓著腮幫子道，「哦！不對！媽媽說爸爸已經睡在地下了，他不可能是我們的爸爸，對不對？」

「說不準。」小男孩高深莫測的回答一句，心裡記住了這個名字，偉霍霆。

「哥哥，我想要爸爸。」小女孩嘟著小嘴，可憐的說。

俊俊看了妹妹一眼，把搖控器遞給她，「給你看卡通吧！」

「謝謝哥哥！」琳琳馬上拿過搖控器，按到卡通頻道，津津有味的看起來。

書房裡的兩人目睹整個過程，作為閨密的珊一不慎言：「他現在那麼有錢，倒不如帶著琳琳，俊俊去相認，也許能取點錢照顧孩子，不然你一個女生帶著兩個孩子也太辛苦了。」

沒想到這番話卻讓女孩改變主意要馬上離開。

女孩痛恨父親長姐，覺得他們狠心。但他，畢竟是孩子的爸爸，他現在位高權重，假如這個時候讓人知道他有兩個孩子，一定會有所影響，更有可能會從婷婷身邊帶走一直視為生存動力的孩子們。

那個時候如果不是懷了孩子，婷婷早已輕生了。而且，孩子們盡得他們爸爸的優良遺傳，樣子也很像爸爸。愛屋及烏的女孩早已在照顧孩子的同時，不知不覺地愛上了偉霍霆。她第一個，也是唯一一個的男人。

她決定帶著孩子離開後，永遠再不踏足這個自己出生長大的地方，保護她那根本連記不記得她也不知道，更不會把她放在心上，也不可能需要她去保護的愛人。同時，她認為這也是保護著她和孩子們的平靜生活的最好方法。

十年的復仇計劃

「不，不要在我爸面前！不要！」

宋珊珊無數次在霍浩峰的身下承歡，洗手間，辦公室，樓梯間，野外，每次她都浪著聲要求霍浩峰給她。可這一次，雖她同樣被壓在霍浩峰的身下，但卻聲嘶力竭的哭著喊「不要！」

霍浩峰往日那雙揉遍身下這女人全身的手原本是這麼的溫柔多情，此刻卻一下比一下重，就像這個女人從來沒有跟他有過歡慾之好一樣。

「不要？你忘了平時端杯咖啡都要在我面前解開兩顆襯衣釦，然後風騷入骨的往我身上蹭？」

「你忘了你若提前到總裁辦公室，你都要拉高裙子，坐到我的腿上來，爽上好一陣？」

「現在說不要？是要裝純給你那個坐在輪椅上不能動的爸看嗎？」

說著，霍浩峰乾脆將雙手被綁著領帶，全身赤裸的宋珊珊拖到辦公桌邊。辦公桌前有輛輪椅，坐在輪椅上的老人歪著頭，全身發抖，雙目圓瞪！

老人的嘴歪著，流出口水，全臉通紅的想要表達要對方住手！可嘴裏只能發出「嗚嗚」的聲音。

宋珊珊想跑，但瞬間卻又被霍浩峰再次壓趴在辦公桌前，強勢的從宋珊珊身後進去。

宋珊珊恨不得立刻跳樓死去！這次是當著她父親的面啊！

霍浩峰看著輪椅上的老人，「宋家鼎，你看看你的女兒，你這輩子唯一而且寵愛的女兒，正在被我操！不但如此，她上大一就已經做了我的情人，只要我想要，打個電話，她就馬上趕過來洗乾淨脫光讓我幹！」

雖宋家鼎嘴裏只能發出「嗚嗚！」的聲音，但現場也能感受到他的激動。

此時宋珊珊喉嚨已經沙啞，這個昨天還把她壓在身下喊著她「寶貝兒」的男人，今天為什麼會變成這樣？她一時間根本接受不了。

「浩峰！你不能這樣對我！」

「不能嗎？」霍浩峰的手兜著宋珊珊渾圓的臀，狠狠一捏，繼續撞著身下這女人。

「宋家鼎，我媽當年被你欺騙到拋夫棄子，最後你是怎麼罵她的？你說她自己犯賤！明明是你把她推進海裡，你卻說是她想不開為了你自殺的！」霍浩峰愈說愈用力撞進宋珊珊。

「我告訴你，你這個寶貝女兒才是犯賤，我把你公司弄破產了，也沒說過要娶她，她卻天天恨不得浪死在我身上，我想她用口，她就會用口，真是賤到天下第一！而且功架還要很不錯。」

宋家鼎老淚縱橫，想要撐起身體阻止卻撲倒在地上。

毫無反抗能力的宋珊珊從來不知道，原來霍浩峰和父親之間竟然會有這樣的仇！

過去十年到底算什麼？

在宋珊珊中學三年級時，宋家經濟開始走下坡要破產，中學五年級認識到大自己四歲的霍浩峰，而他一直都很照顧她。大學一年級，她上了他的床。

從此，霍浩峰幾乎把她寵上了天，而且從大學實習開始就是在霍氏工作。的確他從沒說過要娶她，可她一直以為是身份問題，因為她的家裡破了產，她沒有了娘家的後盾，所以想要做霍浩峰的女人，一定要優秀。她不斷強大自己，希望有天能配得上他。

她喜歡了他十年啊！整整十年啊！

宋珊珊的心疼到顫抖。

「霍浩峰！你為什麼要騙我？為什麼啊？」哭聲悽慘悲烈，撕心裂肺。

「為什麼？誰讓宋家鼎這個該下地獄的禽獸只有你一個寶貝女兒，他將我媽推下海，我就讓他的女兒生不如死！」宋珊珊再次哭了。

她喜歡了十年的男人，到頭來，原來只是想要她感受到這份愛情的撕裂和破碎。這豈止是生不如死，這比上刀山下油鍋還要痛。

直至霍浩峰完事離開，宋珊珊才能走近倒在地上一直沒作聲的的宋家鼎身旁。宋家鼎沒知覺了。她帶淚打電話叫救護車，聲音沙啞到話筒另一邊的接線員一直聽不清楚。

可宋珊珊造夢都沒有想到，受強烈刺激的父親剛送進 ICU，她就收到了法院的傳票。

侵犯商業機密罪！

宋珊珊一直深愛著霍浩峰，也是他最得力的祕書，怎麼可能幫著外人洩露公司機密？

「原告：霍浩峰！」

宋珊珊看到傳票附件後癱坐在地上，手腳冰涼。

如果是霍浩峰動的手，這個牢，她是坐定的了。

翌日，宋珊珊回到霍氏大廈總裁的辦公室，她慢慢地推開門，看著總裁椅上的男人，俊逸倜儻，她一步步走過去。

「看在過去十年的份上，你可以撤訴嗎？」這一刻的宋珊珊非常卑微，一直被他寵上天的她，在他面前何時卑微過？

可經歷過昨天，她知道那些寵愛都是幻覺。她在他面前，什麼也不是。

宋珊珊還是穿著祕書的工作服，白色襯衣，黑色小西裝，黑色性感的包臀裙。以前的她看著他，總是妖嬈風情的笑，他說她是個小妖精，就喜歡她浪的樣子。可現在，她的眼裡沒有了熱情。

「假如你有一點自尊心，都不應該來找我。」霍浩峰往椅背上一靠。

「哈！我忘記了，你是宋家鼎的女兒，18 歲就開始為了錢給我當情人，怎麼可能會有自尊心呢？」宋珊珊的背狠狠顫了顫，就像身後站著一個信任的人，在她猝不及防的時候，那人卻在她身後捅她一刀。

18 歲？他還記得她 18 歲生日那天上了他的床？情人？她一直以為自己是她的女朋友，沒想到是情人。眼睛很疼，很酸很疼，她從來沒在他面前流過淚。她一直都笑，因為他說喜歡看她笑，說她笑起來，是世上最美的女人。

她走到他的跟前，手撐著辦公桌面，看似輕鬆的聳聳肩：「十年，就當是養隻貓養頭狗，也有感情了吧？」

「可宋家鼎的女兒，連貓狗都不如。」

宋珊珊深呼吸，後走到霍浩峰的腿間，蹲下去，手指拉下他的褲鏈：「你撤訴，要我怎麼樣都行。」

霍浩峰伸手捏著宋珊珊的下巴：「你以為別的女人不會？」

「她們哪有我技術好？」宋珊珊的眉風情挑起，手已經開始不老實的動作起來。

「畢竟，我 18 歲就做了你的情人，到現在都七年了！七年，你一個眼神，我就知道你想要我趴著還是躺著，難道不是？」宋珊珊已經埋下頭去。

霍浩峰全身的神經緊緊繃起，緊張又激爽的感覺讓他長長的吐了口氣。他伸手壓著她的頭，手指抓起她的頭髮，幾次想要拉開她，可是都沒有下一步動作。

「宋珊珊，你真賤！我特意讓宋家鼎昨天看到我那樣操你，你居然還能勾引我？」宋珊珊感覺頭頂的人說的不是話，是往下砸的刀子。他真的好狠，一點也不念及十年情份。

他的演技真好，十年間，從來沒有罵過她，但這兩天卻將所有惡毒污穢的言辭全用上了。就只是為了要讓她傷痕累累，忍了她十年。他成功了，她現在的心口不斷的湧著血，痛到不行。

宋珊珊抬起頭，眼角飛出風情，粉色舌尖舔了自己的嘴唇一圈：「只要你肯撤訴，你想怎麼樣都可以。」

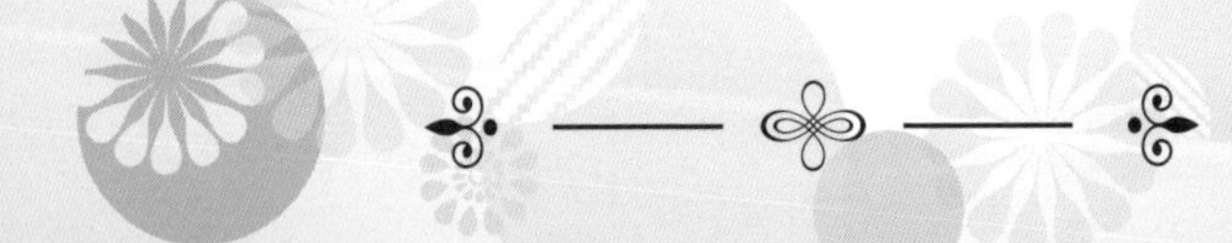

「宋珊珊涉嫌賄賂原告，被控告。」

法庭上，官司打得如火如荼，宋珊珊堅決否認將標書金額透露給葉氏。

她知道葉氏一直是霍氏的死對頭。

這兩家人都鬥了那麼多年了。她那麼愛霍浩峰，怎麼可能把標書底價給了對方？

可是，那個她愛了十年的男人，提供了所有的證據。

「整個項目都是宋珊珊負責的，她和競爭公司的投標人員有郵件往來。」霍浩峰說。

宋珊珊看到證據後，苦笑著：「霍浩峰，你為了報復我爸，竟然早已計劃陷害我？你讓我發的郵件，原來是對方公司的投標人員。」

宋珊珊仰頭深呼吸。心想還有什麼比被自己心愛的男人送上斷頭台更讓人心痛的事情。

他處心積慮的佈局，為的就是讓她永不翻身吧？

可是她不能倒，父親還有高額的醫藥費需要支出。

她必須證明自己的清白，必須工作，必須賺錢。

上一輩的事情她沒有參與，可是父親對她寵愛有加，她必須要做一個女兒該做的事情，贍養父親是她的義務！

「我沒有！我會請律師！我會證明我的清白！」宋珊珊讓自己冷靜，權勢她贏不了霍浩峰，可是這些年做霍浩峰的秘書，人脈還可以。

在休庭室，宋珊珊看著親自做證人的霍浩峰:「你是有多恨我？我害過你什麼？霍浩峰，這十年，我掏心掏肺的愛你，不夠嗎？我愛你愛到恨不得把命都給你，還不夠嗎？」

宋珊珊死死盯著霍浩峰的眼睛，想從他的眼睛裡看出一點點動容。

然而，什麼也沒有。

「宋珊珊，這個案子你上不上訴都證據確鑿！如果你上訴，到判下來，還有一段時間，正好下周是我和安琪的訂婚，時間上你是還可以參加了，再開庭。」

宋珊珊甩了甩頭，「你說什麼？你和安琪？」宋珊珊聲音顫抖。

霍浩峰偏了偏頭：「要給你請帖嗎？」

宋珊珊後退幾步，跌坐在椅子上，「你明明知道安琪是我表姐，我和她一直很敵對，即使我配不上你，你也不用娶她吧？」

「難道我結婚需要跟你商量？」霍浩峰冷淡地說。

對了。她從未在他心裡存在過，結婚這樣的大事怎麼可能和她商量。

縱然這些年見慣商界明爭暗鬥，風起雲湧，她依然覺得和霍浩峰的愛情是美好的。

可美好的東西撕碎了，怎麼會讓人如此痛不欲生，連呼吸都快要喘不上來了。

宋珊珊的手機響起，是醫院打來的。

「宋小姐！病人突然間心跳停止，我們採取了急救，可是已經沒有生命徵象，病人送到醫院時的情況您是了解的，我們盡力了，病人沒有求生意識……」

宋珊珊掛掉電話的時候，很平靜的說了一句「謝謝」，好像只是掛斷一個房產中介的電話一般自然。

她從霍浩峰身邊走過，出了休息室的門。

再次開庭，剛才那個死不認罪的職場精英宋珊珊，安安靜靜的站在被告席，聽著法官陳述。

「被告！」

宋珊珊回過神來，但她沒有看法官，而是看向霍浩峰。她笑了，很恬靜，就像當初遇上他，叫他「浩峰哥哥」時候的樣子，特別乖巧。

「浩峰哥哥，我爸死了，和你媽媽一樣死了，他遭了報應，我也要去坐牢了，我爸的罪孽，已經連本帶利還給你了。這十年，我不怪你騙了我，父債女償，我認罪。」

「從此，我們兩清了！過去的十年，就當我從來沒有遇見過你……」宋珊珊眼中淚水決堤，轉頭看向法官，哽咽卻鏗鏘堅定的說道：「我認罪！」

「我認罪！所有的一切，父親的，自己的。我都認了！」

霍浩峰認識的宋珊珊，穿上衣服就幹練潑辣，絕不會認輸。

他原以為這個官司還要打很多堂，因為以宋珊珊的性子，不達目的是不會罷休的。

但當宋珊珊說出「我認罪」三個字的時候，霍浩峰一陣恍惚。

退庭後，他坐了很久才站起來。

腦子裡嗡嗡亂叫「從此，我們兩清了。」

兩清？

十年，兩清？

「過去十年，我從來沒有遇見過你……」

沒有遇見過？

在她父親進 ICU 那天之前，他沒有看見她哭過，現在滿腦子都是她臉上的淚水。

霍浩峰甩了甩頭：「兩清了！」

他抬步離開原告席，差點踏空站不穩。

「兩清了！」他想起她說出這三個字時的決絕，好像是拿著項目表摔在會議桌上，「這個項目必須是我的！」志在必得一樣堅定！

宋珊珊，從來沒有她做不到的事情。

霍浩峰扯了扯領帶，走出法庭，他以後的生活中，不會再有宋珊珊。

監獄中，宋珊珊嘴角流血，她騎在一個女犯人的身上，手中的鞋巴掌巴掌啪啪甩在女犯人的臉上：「以後還敢不敢靠近我！」

「不敢了！不敢了！」

「以後還敢不敢把吃不下的東西倒在我的餐盤裡？」

說完，又是「啪啪」兩鞋巴掌。

「不敢了！不敢了！」女犯連連求饒。

宋珊珊的跆拳道，除了打不過霍浩峰，一般人不是她的對手。

在監獄這種地方，難免會被人欺負，她本想息事寧人，但這些人實在欺人太甚！這個威信，她必須立起來，不然以後誰都可以爬到她的頭上來。

這個世界上，只有霍浩峰一個可以欺負她，而且讓她毫無反抗的能力。但她也只能被他傷這一次！僅此一次！

所有的女獄友，都害怕宋珊珊，她就像個母夜叉一樣兇悍。

突然一天宋珊珊得知自己懷孕，手足無措，她不知道該怎麼辦。當森美探視宋珊珊時，宋珊珊終於看到了希望。森美是宋珊珊的中學同學，一直愛著她。

她隔著厚厚的玻璃，祈求的看著森美：「幫我一個忙吧。」森美眼前的宋珊珊瘦得不像樣子，嘴唇喘得顫抖。

「霍浩峰為什麼會這樣對你？他圖個什麼？當初他警告我不準靠近你，我以為他是真的愛你，我是看你那麼愛他我才放手的，你為什麼沒有得到幸福！」森美眼框發紅，「宋珊珊！過去十年的愛情掉到海裡了嗎？」

宋珊珊緊緊抿了一下嘴唇。

「如果沒有經歷過，我怎麼會知道自己那麼天真？一切都是因果，過去的就不提了。」

「不提了？什麼不提了？他親手把你送進監獄！憑什麼不提了？」

「我欠他的，該還的。」宋珊珊深呼吸，她儘量不讓自己那不爭氣的淚水流出來：「現在已經還清了。」

聽到這，森美把想說的話都嚥回了肚子裡。

宋珊珊說：「幫我想個辦法，我懷孕了，別讓我懷孕的事情讓外面的人查到，就算查到了，也要幫我想辦法證明這孩子是別人的。」

「是霍浩峰的孩子？」

「是。」

「為什麼不打掉？」

「不能！」

「為什麼？」

「我以後不會再愛上任何一個人了！男人這動物，這輩子我都不敢碰。但孩子是我的。」宋珊珊看著森美的眼睛，眼中的淚水終於關不住，滾落了一臉。

森美的拳頭，狠狠砸在石臺上：「你是要為了他一個人否定了所有人嗎？」

「至少現在心裏不敢再有愛情了。」

森美知道宋珊珊的心傷透了。她現在必須要好好調整自己，否則會出事，不能再逼她。

「我答應你。」

「謝謝！」

宋珊珊生產那天，醫生皺著眉頭給已經全身麻醉的宋珊珊做剖腹產手術。

「經濟犯罪，其實都是很聰明的人，只是動了歪心思而已，要是把這心思用在正道上，怎麼可能走到這一步呢？」

「哎，年紀輕輕的，只有一個腎了。」

「只有一個腎了。」宋珊珊迷糊中聽到醫生的談話，腦海中不停浮現出在法庭上，她控訴時的情景：「我恨不得把命都給你，還不夠嗎？霍浩峰，你怎麼能對我這樣狠？還好，我們兩清了。」

三年後，宋珊珊刑滿釋放。高牆外的陽光很刺眼，可她必須迎頭上去，任那太陽焚燒她的心。

宋珊珊穿上曾經的工作裝，走進了霍氏大廈。接待處已經換人。

「小姐，麻煩你登記一下。」宋珊珊朝著接待小姐笑了笑：「我是你們總裁霍浩峰的情人，他讓我隨時可以去找他。」

宋珊珊的眉，風情一挑，不顧接待小姐的詫異神情，踩著高跟鞋走向電梯。霍氏很多舊人看到宋珊珊時都非常驚訝。

「宋祕書？」宋珊珊嘴角扯了個職業微笑弧度。

這些人還記得她？也真是難得，當初霍浩峰告她的時候，希望他們能幫她作證，可沒有一個肯站出來。

「呵，你不是坐牢去了麼？到這裏來幹什麼？」

「就是，公司對洩露機密的人，永不錄用的。」

「我來勾引你們老闆，讓他重新給我一份工作。」

宋珊珊的電梯樓層到了，她瀟灑的走了出去，眾人瞠目結舌。

總裁辦公室的門被敲響，霍浩峰頭也沒抬：「進來。」

宋珊珊走進去，關上門。高跟鞋踩在地毯上，聲音有點熟，霍浩峰放在鍵盤上的手頓住，抬頭。霍浩峰，故作鎮定頓住的手指還是忍不住顫了顫。

「宋珊珊！」她依然化了精緻的妝，但看得出臉蛋比從前黑了些，人也瘦了。

她對著他笑，很是風情，可眼睛裏的光芒不似曾經，像被歲月砂磨過。

「我出獄了。」宋珊珊笑著，一步步接近霍浩峰。

霍浩峰往後一靠，眯著好看的眼睛，凝望著宋珊珊：「不是說兩清了？又來找我做什麼？」

宋珊珊輕輕一抬屁股，坐到了霍浩峰面前的辦公桌上，她摸著自己的耳垂。

「我想問你要點錢，你願意賞點給我嗎？畢竟是一個以侵犯商業機密罪入獄的總裁秘書，應該是哪家公司都不會要的了吧。短時間內找不到工作，不如你給我點錢？」

霍浩峰眸色暗下來，宋珊珊的手拉起霍浩峰的手：「我不會讓你白給，你問問外面那些女人的市場價，我不多收。」說完，她不忘朝著他妖嬈一笑。

不知道什麼東西，又尖又刺的，一下子紮在他心上。霍浩峰感覺吸上來的每一口氣，都痛。

他甩開宋珊珊的手：「宋珊珊，立刻從我這裏滾出去！」

宋珊珊仰頭大笑，笑聲如銀鈴，脆脆的，又有幾分風情，她舉起自己的手放在空中，翻來覆去的看。

「浩峰哥哥怕是嫌棄我的臉沒有以前細滑了吧？也是，監獄裏呆了兩年多，什麼事情都要做呢，這雙手，豈止是手背不光滑了，手心裏都有繭子了，像浩峰哥哥這樣的男人，什麼女人找不到呢？」她說完，不忘狡猾的看著坐在總裁椅上的男人，問道：「是不是？」

霍浩峰的臉色極度難看。他以為再次見到宋珊珊，以她的性格，她會提刀來殺。可是她沒有。眼前的她反而是穿著過去的工作服，走進他的辦公室，正在解開她的鈕釦。

她瘦了，胸部也不如曾經那樣飽滿得要跳出來。可身體，依然很白，一如曾經。

霍浩峰的身體裡有一股熱流刺激著雄性荷爾蒙的浪潮亂竄。

宋珊珊拉高短裙，像以前一樣熟練的抬腿坐到了霍浩峰的身上。

霍浩峰的手掌滑進宋珊珊的胸口：「沒有以前大了。」

「沒有你捏，怎麼大？要不然以後你經常給我揉揉，也許還能大一點呢。」

「還是那麼浪。」

「你不就喜歡我浪嗎？」霍浩峰不置可否的笑著。

「女人太浪了不好。」

「那是男人不行，像浩峰哥哥這樣猛的男人，我浪一點也不能滿足，怕什麼呢？」

霍浩峰大口喘著氣，最後咬牙切齒的壓著宋珊珊的腰：「小騷貨，在監獄裏被別的男人幹過沒有？」宋珊珊沒有回答，只是笑得曖昧不明。那種不清不楚，含含糊糊的感覺讓霍浩峰胸口一抽！

監獄那種地方，哪有外界看著那麼乾淨，不說獄警，裏面有很多男人也有能力可以通天，什麼勾當沒有？而宋珊珊絕對是女人中的尤物，臉和身材都好到無可挑剔！

「說！有沒有被別的男人幹過？」霍浩峰再問一次！

宋珊珊依然不答，只是更賣力的搖晃著身子，好像需要發泄慾望的人是她，而不是總裁椅上的這個男人。

霍浩峰發現自己完全不能容忍宋珊珊的沉默。

他抱起她走進休息室，推到床上狠狠懲罰，可這女人除了浪，什麼答案也沒有。

明明是他不要她的，即便她在監獄裏傍了什麼大樹，他也無權干涉，可是她一副有其他男人的樣子，讓他感覺像吃了蒼蠅一樣。

他要脫了她的衣服，過去她都很配合，可這次，她沒有，拉住衣服死活不脫。

他偏不遂她的願。最後將她脫得清光，他看著她肚腹上的疤痕，腦中一愣：「怎麼回事？」

宋珊珊笑得坦蕩，伸手圈住男人的脖子，繼續用雙腿去勾他的腰：「小手術而已。」

霍浩峰記得，以前宋珊珊說她做了個割盲腸之類的手術也是這種口吻，所以很隨意的笑。

「到底是什麼？」宋珊珊嘟起嘴，眯起眼睛笑，像個月牙一樣彎起來：「沒錢花的時候，賣了個腎而已。」

霍浩峰從頭到腳冰涼起來。

之前所有的熱情瞬間被澆滅，鋒利的刀子又準又狠的紮在他的心窩子上，疼得他猛地一抽搐。

「沒錢花，你就賣個腎？」霍浩峰的臉色難看到了極點，這女人是瘋了麼？這麼大的事情，她居然說得雲淡風輕，好像不過是挑了一顆青春痘一樣。

這個女人，已經不是他認識的那個宋珊珊，她以前是妖精，可是在他面前人畜無害。

如今的她在他面前，他總覺得她再怎麼笑，都好像有毒。

霍浩峰抬腿下床。宋珊珊眼神一慌，伸手拉住他：「怎麼啦，玩笑都開不起了？跟監獄裏的一個男人睡覺，懷孕後宮外孕做了個手術。」

霍浩峰猛地吸上一口氣，一巴掌甩到宋珊珊的臉上。

他像發瘋野獸一樣撲在宋珊珊的身上，肆意的發泄衝撞。

他覺得自己真的瘋了。她回答得曖昧不清時，他心裏已經開始猜忌揣測，恨不得她馬上給他一個否定的答案。她算什麼啊？一個他用來復仇的工具而已。他為什麼要去在意她給一個什麼樣的回答？可既然如此，她又為什麼要回答他？

「那個人怎麼睡你的？是不是把你壓在身下操，還是壓在桌子上操？」

「還是你們在監獄的某一個角落裏躲著其他人？」霍浩峰目眦欲裂！他根本沒辦法接受這種事情，這個女人即便他不要了，他把她送進了監獄，他也不允許別的男人碰她！

宋珊珊感覺整個人都要被撞碎了，這個禽獸！

「浩峰哥哥！你生什麼氣？你在乎我嗎？你在乎你仇人的女兒跟別的男人上床嗎？哈哈！你笑死我了！」

「你可千萬別說你心裏有我，我現在回來找你，是因為我的案底沒有公司願意要我，我找不到工作，缺錢而已。」

霍浩峰壓著宋珊珊，原來宋珊珊說的話也可以如此惡毒，她以前就是隻又妖又嗲的貓，永遠在他面前挑逗，微笑。她何時開始變成這樣來諷刺他？

他閉上眼睛，狠狠的發泄，最終釋放。

他告訴自己不要為了這個仇人的女兒難受，下床穿戴好後，回到辦公桌前，開了支票，扔給她：「滾，另外……」他剛要開口，就看見宋珊珊從包裡掏出一盒緊急避孕藥。

她打開錫紙，壓出藥片，輕輕鬆鬆的拋進嘴裏，拿起他桌上的水杯喝了一口，嚥下去。

「我因為跟別的男人有什麼宮外孕過，不能懷孕，要小心點，那手術可真是有點嚇人。」

霍浩峰本想開口讓祕書去買避孕藥，可看見宋珊珊自己帶來了避孕藥的時候，他感覺頭皮又緊又麻。

宋珊珊看著支票上的數字，眉開眼笑，就像個剛剛接過恩客銀票的妓女，霍浩峰伸手拉了拉已經重新結好的領帶。

「還不滾？」

「謝謝霍老闆，花光了還能來找你嗎？」

霍浩峰很想像當天壓她在宋家鼎跟前做愛的時候一樣罵她賤人，可她的父親已經死了，她也坐過牢，似乎真的不欠他的了。

「記得你在法庭上說的話，兩清了。」

宋珊珊拿著支票，屈指將支票愉悅的彈了一下。

「好吧！霍老闆以後就介紹點大方的大老闆給我，畢竟我的功架好您是知道的，以後不能上班就不上班了，趁著還有點姿色撈點快錢養老也行。」

「滾！」霍浩峰隨手取起煙灰缸朝著宋珊珊砸過去！

那煙灰缸剛好從宋珊珊的耳邊擦過去，砸在牆上。

宋珊珊站在原處，絲毫不動，然後慢悠悠的把支票放進支票夾，轉身離開，並禮貌的關了門。

有曾經的同事看見她，她故意拉低領子，讓他們看見她脖子上的吻痕，滿臉都寫著：「我剛剛和你們老闆已經幹過親密的事情了，知道嗎？」

走出大廈，宋珊珊背挺得筆直的打了一輛計程車。

坐上計程車關上車門，她突然仰頭捂臉，大聲哭了出來！

司機嚇得直問：「小姐怎麼了？怎麼了啊？」

宋珊珊抽泣著：「被老闆炒了魷魚，怕父母知道自己過成這樣，沒有可以說的地方，覺得生活好苦，好辛苦！」

司機頭髮花白，也紅了眼睛：「哎，你們這些孩子，就喜歡報喜不報憂，做父母的不會嫌你們沒出息的，家裏的門永遠給你們開著的啊。」

「叔叔，我沒有家門了，沒有了！我永遠沒有家了！」宋珊珊哭得傷心，司機把車子靠在路邊，把打表器按了暫停。

「小姐，你想哭就哭，叔叔不收你錢了，你哭夠了，叔叔把你送到目的地，我也有個女兒，和你差不多大，離了婚，一個人帶著個孩子，她不知道背着我像你這樣哭了多少次了吧。」

宋珊珊看到司機眼角的淚花，其實為了生活，每個人都不容易，下了這輛車，不要矯情給任何人看。

到了銀行，宋珊珊有給司機車錢，她不想佔人便宜。

宋珊珊提了現金支票存進自己的卡裡，然後去醫院看女兒。快要兩歲的小花剃著小光頭。白血病，她還不到兩歲。她一定要再懷上霍浩峰的孩子，一定要！小花需要。

當時避孕藥盒子裏裝的，不過是維生素罷了。可一次不可能那麼容易懷上，她需要確定懷孕後才能斷了和霍浩峰的聯絡。

霍浩峰在宋珊珊走後砸壞了自己的辦公室，那樣酣暢淋漓的做了一場愛，似乎也未能將他心中火氣澆滅。

開會，罵人，從 HR 到市場部，甚至財務部，無一倖免，全部被罵得狗血淋頭。

開完會已經是晚上九時。霍浩峰回到自己的辦公室，好像每個角落都是宋珊珊的味道，他想起了她肚子上的疤痕。宮外孕！他以前沒用套的時候就釋放在體外，除了那次在她父親面前失去了理智，十年時間，他連藥都沒讓她吃過，她現在跟別的男人亂搞，連套都不戴！竟然還搞成了宮外孕做手術！

霍浩峰感覺自己這一天心肺裡都堵得厲害，透不過氣。

這兩年多，他事業上的成就很大，幾乎沒日沒夜的工作，除了壓力太大每天晚上需要靠安眠藥入睡，他卻從來沒有想過她。

可今天，她把他的生活全部搞亂了！

腦子裏依然是她在法庭上說過的話，「兩清了。」

兩清了她還跑來找他？還來問他要錢？她是故意的，她想告訴他，她現在找不到工作，落到這個地步都是他害的。

她竟然還提出讓他給她介紹男人。霍浩峰咬牙切齒，拿起衣帽架上的西裝，走出了辦公室，助理很快跟上：「總裁，夏氏集團的少東約您一會在……」「不去了，推掉。」霍浩峰瞄了一眼手錶。

「你去查一下宋珊珊現在住在什麼地方。」霍浩峰腦子裏出現了很多畫面，他似乎看到了那個女人穿著火紅色的露背禮服，穿梭在形形色色的男人之間。

任何一個男人都可以在她身上摸一把，捏一下，只要那些男人拿出支票，她就可以跟他們走進黑暗的角落，那些角落裏不斷的溢出她的浪叫。

霍浩峰的嘴唇很乾，他嚥下唾沫，又補了一句：「馬上去辦！」

然而霍浩峰回到別墅後，接到助理的一個電話，「總裁，查不到，她從監獄裏出來後，既沒有租房記錄，也沒有住賓館的記錄。」

霍浩峰手中夾著煙，他猛吸了一口：「不可能，她沒有可以去的地方！」

是的，她沒有可以去的地方，除非她有了別的男人！

霍浩峰根本沒有辦法淡定。「繼續查，必須給我找到她的住址！」霍浩峰暴躁的結束通話電話，手機突然跳閃著一個號碼。上面的名字，時隔三年，再次顯現。

「親愛的珊珊寶貝」

這是當年宋珊珊搶過他的手機改的名字，霍浩峰握了握拳頭，背上很熱，他站起來走到空調的風口下吹了一會。

才響了半秒，剛要接電話，對方已經結束通話。霍浩峰低咒一句，操！

在剛猶豫要不要撥回去，電話再次響起來，他舔了舔嘴唇，冷漠的接起：「喂。」

「浩峰哥哥。」宋珊珊的聲音很是歡暢。

霍浩峰皺著眉頭，很不爽，不知道是不是因為他躁動了一天，而宋珊珊卻像沒事一樣。

「剛剛賭錢，錢輸光了，能不能再給點？」霍浩峰握著手機的手緊得發顫，宋珊珊從來不賭錢！她在監獄裏都染上了些什麼惡習了！

「你知道的，在監獄裏面很無聊，平時就賭點小玩意小事情打發時間，出來又沒有工作，不知道幹什麼，就去賭了幾把，欠了人家一點錢，你能不能給我？」

霍浩峰在房間裡來來回回的走，「賭點小玩意？小事情？」賭錢還賭事情？可他總覺得不那麼簡單！

「賭什麼事情。」

「比如幫人洗碗洗衣服，或者睡一晚……」宋珊珊故意說一半停下來，讓他自己去猜，她絕不允許霍浩峰誤以為她還喜歡他。

除了因為孩子，霍浩峰再也不是她應該接近的人。

「宋珊珊！你他媽去死！立刻！馬上！」霍浩峰這一天感覺自己的心臟都快要氣炸了。

她在監獄裏面，居然用跟人睡覺來做賭資，她為什麼要告訴他！

宋珊珊掛了電話。霍浩峰，你也會難受的嗎？十年了，就算養貓養狗都不可能沒有感情吧？就算是演戲，入戲太久，你會不會早已把自己也當做劇中人了？

只是，我再也不是當年的宋珊珊。我們之間，兩清了。你再還我一個孩子，我們就兩清了。

霍浩峰整個人栽倒在沙發裏面，這個女人瘋了，她現在開口閉口都是錢，如果他不給她，她就要去找別的男人。只要是有錢的男人，任何一個她都可以，她不會管那個男人是誰。心臟被擰得很難受。

十年，宋珊珊 14 歲走進他設的圈套，對他愛慕，18 歲上了他的床，從此跟著他。他心裏一直覺得宋珊珊只有他一個男人，就算分手了，也沒有想過她會有別人。

可如今，她不但有了別人，她的男女關係還那麼混亂不堪，因為不能順利找到合適的工作，她開始出賣肉體。她不但賣，她還要告訴他。

霍浩峰整夜等著電話響起，等著那個下賤到無底線的女人打電話給他，可是盯著電話很久，螢幕上除了垃圾簡訊和廣告閃動，什麼也沒有。

霍浩峰深呼吸，電話號碼回撥了過去，電話半天都無人接聽，一排襯衣釦已經解開，露出肌肉精健的身材。嚥下唾沫的聲音都是緊張，背上的汗還在冒，宋珊珊為了錢出去找男人的畫面感太強烈了，聽筒裡傳來一聲「喂」，霍浩峰心裏一塊石頭突然落地。

「在哪兒？」

「正要出門。」

出門？！霍浩峰握緊拳頭：「到我家來。」

「可我跟別人已經約好了。」其實是剛剛約好了要見醫生，宋珊珊得去一趟醫院。

霍浩峰閉上眼睛：「我勸你最好馬上過來，不然等我把你揪出來的時候，可沒什麼好果子吃！」

宋珊珊知道惹不起霍浩峰，掛了電話後，只能跟醫生約到次日上午，然後馬上打車去了霍浩峰的別墅。

看到宋珊珊，霍浩峰拍了拍沙發，「坐過來。」把支票遞到宋珊珊的手上。

「這是這一個月的錢，以後每天晚上過來，記住一點，上我床的期間，保持身體乾淨。」

宋珊珊做出欣喜的樣子搶過支票，親了支票幾口，怕霍浩峰反悔似的裝進包裡。

「放心，我收了老闆的錢，就一定不會跟別的男人亂來的，這一個月我保證每天洗得乾乾淨淨的伺候老闆。」

宋珊珊是真的有點高興，如此，她就不用再挖空心思想懷孕的事兒了。

多做些時日，總會懷上吧？霍浩峰站起來，點了一根煙，宋珊珊從頭至尾不提她的父親，更不提他們的恩怨，那樣平靜自然。越是如此，他越是覺得這種感覺讓他心裏極不舒服。

洗好澡出來，霍浩峰看見宋珊珊拿出一片藥片吃，拿過來一看，是長期避孕藥。

他深呼吸，宋珊珊已經換上了他的睡衣，她走過來，勾著他的脖子開始吻他的喉結。

「收了你的錢，不能讓你戴套的，我自己吃藥，免得讓你吃虧。」

霍浩峰狠狠一把掐住女人臀：「你他媽什麼時候變得這麼賤了？」

「什麼時候你不知道嗎？我一直這麼賤啊，從十八歲開始，不是嗎？」她吻他，嬉笑著。

霍浩峰卻笑不出來，他只能將她壓在床上，拼死地貫穿她，他像是得了失心瘋似的，一巴掌一巴掌打在她的屁股上。

「你他媽睡了多少男人！睡了多少？」

每每這時候，宋珊珊都只是笑而不語，用更風騷的律動來回答霍浩峰的問題。

霍浩峰知道，這一個月，宋珊珊都是他的人，他想怎麼睡她都可以，這一個月，他付了錢，她為他服務，也好，他們之間的關係，僅僅是交易。

這一個月過去，宋珊珊是人是鬼，都和他沒有半點關係。他不會再像今天這樣躁動不安了。

霍浩峰不停警告自己，一個月後，橋路各歸，所有關於宋珊珊的一切，他都不會去查。他不在乎她，憑什麼去查？

宋珊珊每天晚上都會到霍浩峰的別墅陪他上床，僅限於上床，兩個人都不問對方近況。

宋珊珊會躲著霍浩峰跟醫生溝通發信息，霍浩峰裝作沒有看見，可是好幾次，他看見宋珊珊聊完後就將訊息刪除。若不是見不得人的關係，何需如此？

好多次好奇，想要趁她睡了的時候檢查她的手機，可她都關機睡覺，開機需要密碼，光有指紋不行，他只能將她的手機再次關機。

只是奇怪，自從宋珊珊回來後，工作壓力再大，霍浩峰不用吃安眠藥也能入睡。而且一覺睡到天亮。

宋珊珊每天比他先起，從來不打擾他睡覺。霍浩峰想比宋珊珊早點起床，看看她起床後都幹了些什麼，可是醒來時身邊都沒有人。他感覺自己的心態出了問題，他期盼一個月的期限，可偶爾想到一個月過一天少一天的時候，他便開始焦慮。

宋珊珊以後還缺錢怎麼辦？如果她不賭還好，賭博是沒底的，萬一一把輸沒了，她是不是又陪別人睡一覺就抵掉賭資了？想到這個問題，霍浩峰再次失眠。

後來，他終於早起到知道宋珊珊是什麼時候起床的了。他留意著宋珊珊的一舉一動，知道她起床後在刷牙，洗臉，穿衣服，她朝著床邊走過來，就站在他的邊上，他感覺到她的靠近，她的嘴唇印在他的額頭，「早安。」然後轉身離開。

他僵硬的躺在床上，一動不動。她每天早上都是這樣離開的吧？心臟被勒緊，又悶又疼。一個月期限的頭天晚上，宋珊珊到十點還沒有回到霍浩峰的別墅。霍浩峰心裏有點堵，想打電話，又覺得不應該。

快到十二點時，霍浩峰剛要打電話，大門的密碼鎖就被摁響了。今天的宋珊珊穿得很休閒，她穿了平底鞋，走進來，步子很慢。

她拿了些菜，走進客廳看見他坐在沙發裡看手機上的新聞，便笑嘻嘻的說，「還沒睡啊？我買了些菜，做宵夜給你吃好不好啊？」

這一個月，宋珊珊從沒提出過做飯。她從環保袋裏把菜一樣樣拿出來，很豐盛。這哪是宵夜，這是最後的晚餐。

原來她也在掐著時間過日子。霍浩峰沒有吭聲，站起來要上樓。

「晚上不吃宵夜。」

「沒事兒，我做了，你明天可以嚐嚐，不喜歡可以倒掉的嘛。」她的聲音一如既往的輕快，甚至聽不出一丁點的不捨得。

她一邊洗菜一邊自言自語：「芹菜葉炒雞蛋，沒吃過吧？我也是在監獄裏聽獄友說的，沒做過，來試試看。」

「番茄可是個好東西，什麼東西不好吃，放點進去一下就變得好吃了。」

「牛肉要多吃點，補鈣呢。」

「聽獄友說，鯽魚要油煎一下，熬得湯有奶白色，而且會更香。」

霍浩峰沒走，他就像被施了定身術一樣挪不動腳步，看著宋珊珊把菜一個個做好，再一個個端上桌子。

她廚藝不好，鹹的鹹，淡的淡，可他也吃了不少。躺在床上的時候，今天的宋珊珊沒像以往一樣爬到霍浩峰的身上勾引，而是靜靜的躺著，霍浩峰翻身上去，她也沒有以前豪放，總是念著：「今天人有點不舒服，你別太猛，輕一點。」

她說話的語氣，像是在保護什麼東西似的。

霍浩峰本不想睡，可這一個月的睡眠真的很好，心很踏實似的。宋珊珊起床時小心翼翼。她刷牙洗臉收拾好一切，看着在穿衣鏡中的自己，手掌摸著肚腹。懷孕了，她終於懷孕了，小花有救了。

從今以後，橋路各歸。

宋珊珊走到霍浩峰的床邊，這一次，她沒有再像以往的每個清晨吻他的額頭，而是看著他英俊的輪廓，眼中濕潤。

「霍浩峰，再也不見！」

醒來時他下意識摸了床邊一把，空空如也。他騰地坐了起來，翻身下床，這一個月，宋珊珊的洗漱用品都放在這邊，傭人還給她準備了拖鞋。而這些東西，都不見了。連牙刷和漱口杯都收拾得乾乾淨淨。

一個月了，結束了。他以為這一天到來時，他的心不會亂，他只需要照常工作，然而時間一天天過去，他的心越來越亂。晚上睡不著，他只能把安眠藥翻出來，重新吃上。他給她的錢，能揮霍一段時間，她知道他的大方，沒錢了一定會再來找他。

可是沒有，整整過去三個月，她都沒有再給他打一個電話。霍浩峰坐在總裁辦公室裏，他看著助理：「宋珊珊有跟你聯絡了嗎？」

「沒有。」

「外面有她什麼消息？」

「也沒聽說。總裁，您上次給她的錢，足夠她買車買房好好生活了，您不用擔心。」

「她賭錢，多少錢都不夠的，你查一下看看她最近是不是又賭了，還是跟其他人扯上了什麼關係？」

霍浩峰自己都不肯承認，他最擔心的，是宋珊珊已經找到了另外一個靠山。

她那樣的女人，別說工作能力，姿色已經是絕佳，怎麼可能沒有男人願意給她花錢？

半個小時後，助理走進霍浩峰的辦公室。

「總裁，三個月前，宋小姐已經離開我國了，沒有任何消息。」霍浩峰激動地站了起來。

什麼叫沒有任何消息？永遠消失了？後背有汗冒起，精壯的身體也忍不住抖了抖，他拳頭緊握壓在桌面上：「好，不用再查她了，是死是活都不用管了！」

霍浩峰從辦公室走出去，只覺得一路踏在雲端，腳步虛浮得厲害，即使把宋珊珊送進監獄，他也沒有這次嚴重的感覺。車子一路開到監獄，霍浩峰下車，看著鐵門高牆，三年，那個女人待在裏面替他的父親贖罪。

那是他們宋家欠他的！他不用愧疚！

但這高牆裏面，到底是什麼樣的男人和她有了關係，他得弄死他！

然而，霍浩峰費盡力氣，也沒能查出和宋珊珊有關係的男人是誰，卻查出宋珊珊在獄中產下一個女嬰。

文件上註明：剖腹

剖腹時病歷：少了一枚腎。

補充病歷，腎於她 23 歲移植。

霍浩峰終生不得知道答案，也不再知道宋珊珊的消息。

二十一歲前的五個男人

作者　　　　：柔雅晴
編輯　　　　：Annie
封面設計　　：Steve
排版　　　　：Leona
出版　　　　：博學出版社
地址　　　　：香港香港中環德輔道中 107-111 號
　　　　　　　余崇本行 12 樓 1203 室
出版直線　　：(852) 8114 3294
電話　　　　：(852) 8114 3292
傳真　　　　：(852) 3012 1586
網址　　　　：www.globalcpc.com
電郵　　　　：info@globalcpc.com
網上書店　　：http://www.hkonline2000.com
發行　　　　：聯合書刊物流有限公司
印刷　　　　：博學國際
國際書號　　：978-988-78017-2-6
出版日期　　：2018 年 6 月
定價　　　　：港幣 $88

Published and Printed in Hong Kong